KIRJOITUKSIA

Kirjoituksia, unohdettujen runoilijoiden pöytälaatikoista

Kustantaja: BoD – Books on Demand, Helsinki, Suomi

Valmistaja: BoD – Books on Demand.Norderstedt, Saksa

ISBN:9789528006428

Mietteitä menomatkoille ja odotusten täyttämille moottoriteille, jotta paluumatkoilla ei tarvitse kulkea omantunnon pimentämillä kujilla.

Jokainen uskoo tulevaisuuteen, mutta harva luottaa menneisyyteen.

MIETTEITÄ LOPPUUN JA ALKUUN, NOILLE TUNTEMATTOMILLE KUJILLE JA TUTUILLE POLUILLE.

Elämä on kuin liekki, se on joko iso tai pieni, mutta sammuessaan siitä jää vain savukiehkura.

Yksinäisille lapsille ja hylätyille vanhemmille.

Voiko aikaa ostaa?
Voiko aikaa hidastaa?
Voiko aikaa nopeuttaa?
Ei, mutta sitä voi muuttaa.

KOLAHDUSTEN KONGEILLE JA
UNOHDUSTEN SARGOFAGEILLE.

Voiko toiselle onnen ostaa?
Voiko toiselle onnen antaa?
Voiko toiselle onnen tehdä?
Voi, jos se on pyyteetöntä
ja oman onnensa jokainen
määrittelee itse.

Miehet vailla menneisyyttä.

Reissumiehissä, noissa levottomissa hitsareissa ja rakennusmiehissä, on jotain samaa kuin baariemme miehissä, en siis tarkoita noita kantapeikkoja siellä kulmapöydässä, vaan niitä, jotka jonkin pakon ajamana, seilaavat huuruisilla kaduilla kapakasta toiseen, vielä aamuyön tunteinakin. Samalla tavalla niin kuin baareissa niin repputyömaillakin vain käydään. Eli tullaan, ollaan hetki ja lähdetään. Baareista lähdön määrittelee portsari tai valomerkki tai voihan niistä lähteä joskus ihan vaan vaihtelun vuoksi, tullakseen kohta takaisin tai mennäkseen seuraavaan pubiin. Samalla lailla repputyömailla, reissumiehet seilaavat kohteesta toiseen ja lähtevät, joko pomon pyynnöstä, hommien loppumisen takia tai muuten vaan, tullakseen ehkä joskus samaan paikkaan takaisin.

Kun käyt jossain ja tulet takaisin, niin on porukasta lähtenyt joku tai joitain ja joku tai jotkut ovat tulleet tilalle. Näin käy sekä pubeissa, että repputyömailla.

Näissä ryhmissä on muutakin samaa, kukaan ei tule mistään eikä kukaan ole menossa minnekään. On vain hetkiä porukassa, ikään kuin valokuvia ja he ovat lojaaleja sille ryhmälle, tiettyyn rajaan saakka, missä kulloinkin vaikuttavat.

Ja heiltä puuttuu tiettyjä elementtejä tunne-elämästä, mitkä heillä olisi, jos heillä olisi vakituinen elinympäristö.

Kun on jäsenenä reissumiesryhmässä tai notkuu noilla kyyneleillä kyllästetyillä ja mallastuotteilla lakatuilla tasoilla, niin tuttavuudet ovat ohimeneviä, mutta kuitenkin heihin luodaan luottamussuhde, ikään kuin väliaikainen perhe. Ja perheen kesken jaetaan ilot, surut ja menetykset, näissä puheena olevissa perheissä vain hiukan raaemmin kuin niissä lintukodoissa, missä on vakinaisuutta.

Ne asiat tai elementit, jotka puuttuvat noista ryhmistä ovat sääli, häpeä, kauna, kateus ja katkeruus siis sitä väliaikaista perhettä kohtaan.

Kateus vaatii, että on jotain mitä kadehtia, mutta miksi kadehtia toveria, joka omistaa vain osoitteen, niin kuin sinäkin. Ja eihän ole mitään syytä sääliä kaveria, jonka taustaa et tiedä ja jonka tekoja ei ole tullut kysyttyä.

Samasta syystä ei ole kaunaa, eikä katkeruutta, koska yhteinen historia on vain tuntien tai viikkojen mittainen.

Näissä työporukoissa ja pubien viisasten kerhoissa, on myös suuria ja pieniä riitoja, loukkauksia ja petoksia. Ja näistä teoista

johtuvat tuomiot ovat välittömiä ja
valitusoikeus evätään. Tuomioista tai teoista ei
jää sääliä, häpeää, kaunaa, eikä katkeruutta,
koska ei ole menneisyyttä tai tulevaisuutta,
joka loisi näille tunteille pohjan tai vertailu
kohdan ja sen takia huomenna kaikki on
unohdettu.

Ajan virta

Jokaisen eteen tulee asioita, jotka pitää käsitellä tai unohtaa. Kun läheinen kuolee tai tulee jotain muuta, suurta surua tai draamaa, niin ne asiat pitäisi pystyä käsittelemään. Ellei niitä käsittele, niin ne vaivaavat ja aiheuttavat ongelmia omaan elämään. Kun asiat hoitaa heti pois päiväjärjestyksestä, niin ne eivät enää huoleta ja voi elellä rauhassa läheisten kanssa ja ne rajuimmat jutut joita ei pysty käsittelemään, pitää vain hyväksyä.
Elämää voisi kuvata virtana, joka on kuin joki. Se alkaa pienenä purona jostain ja muuttuu matkan varrella vuolaaksi virraksi, päättyäkseen suistoon tai muuhun jo hieman hitaammin virtaavaan paikkaan. Siinä on pinta, jossa kuplii ja pärskyy sekä pohja, jossa voi olla ikäänkuin piilossa pinnan tapahtumilta. Ihminen itse ui siellä mukana, välillä pinnassa henkeään haukkoen ja välillä pohjassa hiljaa lipuen.
Suruja ja dramaattisia tapahtumia voitaisiin pitää kivinä, jotka tippuvat virtaan ja aiheuttavat sinne vastavirtoja. Kun surun tai draaman käsittelee niin tuosta tippuneesta kivestä tulee soraa, joka jää kasaksi virran pohjalle ja aiheuttaa pöyrteen. Jokaisen sorakasan kohdalle, tulee merkki muistoksi ja

sen kohdalle voi uida elämänvirrassa ja muistella sitä surua tai draamaa, joka merkin aiheutti. Kun näin tekee tarpeeksi usein, niin sora muuttuu hiekaksi ja hiekka lähtee valumaan virran mukana, kasaantuakseen suistoon.

Kivet, jotka jäävät virtaan tai sorakasat joita ei muistella, aiheuttavat siis virtaan ne pyörteet ja vastavirrat, jotka haittaavat pinnan pärskeitä ja pohjan hiljaisuutta. Lisäksi ne kasaantuvat sinne suiston eteen ja estävät pääsyn hitaasti virtaaville alueille.

Jos olet murskannut soraksi, osan elämän virtasi kivistä ja käynyt niitä muistelemassa, niin ne ovat muuttuneet hiekaksi joka on valunut suistoon, niiden murskaamattomien kivien väliin. Tällöin sinulla on mahdollisuus ponnistaa noiden kivien yli, sinne hitaasti virtaaville alueille. Jos taas et ole ikinä murskannut yhtään kiveä, niin virrastasi puuttuu hiekka, mistä voisi ponnistaa hitaisiin vesiin.

Betonisydän

Sanonta, ajattele iloisia asioita, niin ikävät
asiat unohtuu, on varmaan toimiva joskus,
mutta arkielämässä se saattaa aiheuttaa vain
ison itkun. Jos asian ottaa tosissaan, niin sehän
tarkoittaa kutakuinkin, että kaikki arjen
ikävyydet pitäisi nauraa unholaan.
Jokaisen ihmisen sydämmessä on pienen pieni
laatikko, johon voi tallettaa ne elämän
kipeimmät asiat. Laatikon on tarkoitus siis
antaa sydämmen sykkeelle tilaa, pitämällä
kipeät asiat piilossa. Tämän laatikon tilavuus
on kuitenkin rajallinen eli kun se on täynnä,
niin sieltä pitää käsitellä jokin tai jotkin asiat
pois. Kun ihminen kasvaa ja varttuu, niin ne
asiat jotka joskus oli isoja murheita, onkin nyt
pieniä sattumuksia ja helposti käsiteltävissä.
Sitten kun ne, aikaisemmin isoilta murheilta
tuntuneet, pikku sattumukset on käsitelty, niin
laatikkoon mahtuu, taas lisää tällä hetkellä
niitä ylitsepääsemättömiä murheita.Sitä mukaa
kun vuosia tulee lisää, niin pystyy
käsittelemään aina vaan suurempia murheita,
koska sydämmen laatikko on aika ajoin
putsattu eli murheet käsitelty
aikajärjestyksessä.
Ihminen joka tekee niin, että ei ikinä käsittele
noita murheita, jotka siis muuttuvat aikojen

saatossa pikku sattumuksiksi, niin hänen sydämmessä oleva laatikko täyttyy. Kun tuo laatikko on siis täynnä pikku sattumuksia, niin ne tämän hetken isot murheet jäävät sydämmeen. Koska sydän sykkii, siellä missä se on sille helpointa, niin se menee laatikkoon ja jää sinne, koska isot murheet valtaavat sydämmen. Kun isot murheet valtaavat sydämmen ja pikku murheet sykkeen kera tuon laatikon, niin ainoa vaihtoehto isoille murheille, on valaa ne betoniin. Jokainen iso murhe valetaan omaan betonimöykkyyn ja jätetään sydämmeen.Aikojen saatossa nuo betonimöykyt valtaavat koko sydämmen ja sen syke ei enään kuulu.

Tämä aiheuttaa sen, että jokainen murhe pitää itkeä, jotta betonimöykky sen ympäriltä sulaa. Ja jos koko ikänsä on kerännyt betonimöykkyjä sydämeensä, niin joutuu itkemään aika kauan, että voi käsitellä ne pienet sattumukset, sieltä laatikosta ja saa sydämmen sykkeen kuulumaan.

Fjåsat

Kun on 10 vuotta ollut reissumiehenä maailman turuilla ja toreilla, varustettuna vipattavalla menojalalla ja notkeilla lanteilla, niin onhan sitä tullut nähtyä jos jonkimmoista fjåsaa.

Jotkin ovat olleet satiinisissa, jotkin ovat olleet flanellisissa ja jotkin ovat olleet pitsisissä pakkauksissa. On ollut sinisiä, punaisia ja läpinäkyviä pakkauksia ja on ollut pakkaamattomia fjåsia. Niitä on katseltu lehdistä, ruudulta ja elävänä. Joitain on haistettu ja joitain jopa maistettu. Toisia on paijattu ja joitain jopa läpsäyksillä palvottu. Joissain on ollut karvat, joihinkin on muotoiltu kuvio ja joissain on ollut jo melkein peruukin verran takkua. On ollut pulleita sekä piukeita ja niin sanottu lihapiirakka kaikilla mausteillakin on nähty, silloin onneksi älysin, että ei kaikkee tarvii maistaa eikä edes kokeilla. Sitten on ollut kolmiolla varustettuja ja erinäköiset viiva variaatiotkin ovat tulleet tutuiksi. Niitä on kokeiltu sormella, kahdella sormella ja nyrkillä. On saatu takaapäin, edestä ja lusikassa, myös ratsu ja koira ovat tulleet tutuiksi. Noita kokeiluja on tehty porttikongeissa, rappukäytävissä, vessoissa ja pesutuvissa. Alustoina on ollut upottavia

vesisänkyjä, retkipatjoja, hiekkarantoja ja
betonilattioita. Mutta parasta on ollut, kun on
löytänyt sen fjåsan joka sopii kuin hanska
käteen.

Häpeän hetket

Kuvittele, pieni poika seisoo kadunvarressa. Poika on maalta, jossa kuuluu linnunlaulua ja metsien huminaa. Pojalla on tietenkin isä, joka on tottunut kaupungin ääniin kauppareissuillaan ja nyt he seisovat liikennevaloissa, odottaen milloin vihreäukko alkaa palamaan. Ohi ajaa auto ja pojan kohdalla auton pakoputki paukahtaa ja poika pissaa housuun. Kun isä huomaa mitä on tapahtunut, niin hän kysyy pojalta, miksi pissasit housuun. Kysymykseen poika vastaa, että en minä tiedä. Isä suutahtaa ja sättii poikaa housuun pissaamisesta ja ilmoittaa, että lähdetään kotiin ja että poika ei ikinä pääse enään mukaan.

Kotimatkalla poika tajuaa pelästyneensä pamausta ja sen takia pissanneensa housuun ja kertoo siitä isälleen. Isän mielestä poika selittelee vain tekojaan, päästäkseen seuraavallakin kerralla mukaan kaupungille. Poika on omasta mielestään kärsinyt vääryyden ja sen takia istuu hiljaa, katsellen maisemia ja murehtien, että miksi on kovia ääniä. Hiljaisuudessa isä tajuaa, että liikennevaloissa seistessään, hänkin oli kuullut pamauksen. Pitäisi pyytää anteeksi, mutta kun asia on jo käsitelty, niin hän ei kehtaa pyörtää

päätöstään. Niinpä poika häpeää herkkyyttään
pamauksille ja isä häpeää itseään, kun ei
ylpeyttään halua muuttaa jo annettua
rangaistusta.

Miesten kesken.

Kun oltiin aikanaan miesten kesken lomalla, tuolla kauniissa Turun saaristossa, niin sieltä jäi mieleen eräs juttu, ehkä jopa hiukan surullinen. Tai ei voi sanoa miesten kesken, kaksi isää ja kaksi poikaa.

Oli vietetty kaunista kesäpäivää, uitu, paistettu makkaraa, haettu jätskit ja nyt istuskeltiin laiturilla kaikki neljä. Laiturin päässä, sellaisella levennyksellä oli penkit, jotka oli vastakkain ja koska oltiin miehissä sekä suojaisessa paikassa, niin pyyhkeet oli heitetty penkkien nojille. Isät istuivat toisella puolella ja me jantterit toisella puolella. Tottakai kun oli kesä, niin aurinko paistoi kirkkaalta taivaalta ja tuuli leppeästi. Lämmöstä johtuen jäätelöni suli nopeammin kuin ehdin sitä nuoleskella. Yksi nokare tipahti etuveitikan juureen ja enempiä miettimättä, pyyhkäisin sen sormeeni ja nuolaisin sormen pään puhtaaksi. Isäni huomatessa tapahtuman, hän tokaisi "ai sie raapaset mausteet kullin varresta, minä syön ilman juustoa" aiheuttaen toisen pojan isälle huutonauru kohtauksen. Arvatkaa kuinka paljon se sattui pienen pojan sydämmeen, kun isä nolaa julkisesti. Vaikka en edes käsittänyt, mistä puhuttiin.

Kun te isinä liikutte poikienne kanssa maailmalla, niin miettikää mitä teette. Koska niitä ainutlaatuisia hetkiä poikien kanssa, ei kannata pilata raksahuumorilla.

Ovien historia.

Kun ensimmäiset 20 vuotta tutkii kotiseutuaan ja sen jälkeen on 10 vuotta reissumiehenä, asuen erilaisissa parakeissa tai asuinkonteissa ja omistaa uteliaan luonteeen vastakkaista sukupuolta kohtaan, niin tulee katseltua monia ovia. Sekä kuvaannollisesti, että konkreettisesti.

Ihan ensimmäiset muistikuvat liittyvät leikkeihin, joissa ovi oli pääosassa. Sen taakse pääsi piiloon ja sen takaa pystyi kurkkaamaan. Seuraavat muistikuvat ovista liittyvät liikuntatunteihin ja uimarantoihin. Edelleen niiden taakse pääsi piiloon ja niiden takaa pystyi kurkkaamaan.

Avattavia ovia tuli vastaan vähän väliä, oli kodin ovi, kaupan ovi, koulun ovi ja rehtorin kanslian ovi. Ovia löytyi myös naapurista, autokoulusta ja vielä alkoonkin oli laitettu ovi ja kaikki aukesivat uteliaalle nuorelle miehelle, joka janosi elämää. Joskus toki sattui, etteivät ovet auenneet ollenkaan, syystä tai toisesta.

Suljettaviakin ovia löytyi, oli jo mainittu kodin ovi, joka sulkeutui takanani sitä tiheämmin, mitä vanhemmaksi tulin. Onneksi tuo turvallinen kodin ovi pysyi kuitenkin aina auki, väsyneelle reissaajalle.

Seuraavaksi alkoi varsinainen ovien sulkemis festivaali ja aika usein ne sulkemiset liittyivät, siihen tikanpoikaan ja puuhun. Ensimmäisiä ovia suljettiin hiljaa, ettei lemmen kohteen vanhemmat heräisi. Sitten niitä ovia suljettiin hiljaa, ettei tarvitsisi antaa puhelinnumeroa, sille jolle lupasit eilen illalla puolivaltakuntaa. Ja sitten vielä liuta hiljaisia ovien sulkemisia, jotta sen hoidon lapset eivät heräisi tai ettei se ryyppyruusu heräisi itse.

Joitain ovia on suljettu lujaa remeltäen. On myös ovia jotka on paiskattu kiinni raivoisasti ja niitä jotka eivät mene kiinni millään, vaikka kuinka huutaa että, paa nyt vittu se ovi kiinni. Sitten on ovia joita suljetaan puolestasi portsarin tai virkamiehen toimesta ja on ovia jotka sulkeutuvat suristen ja naksahtaen sekä ovia jotka kolahtavat, eikä sisäpuolelta löydy kahvaa.

Vaikeimpia oven sulkemisia ovat olleet ne kerrat, kun sisälle on jäänyt joku itselle tärkeä ihminen ja jo sulkiessaan oven, on tiennyt ettei se enään koskaan aukea.

Ja vaikeimpia avaamisia ne kerrat, kun tietää joutuvansa tilille teoistaan.

Pahan olon syy

On vaikeaa käsitellä negatiivisia tunteita,
kuten surua, ikävää, vihaa, raivoa ja
menettämisen pelkoa. Ne ovat
kokonaisvaltaisia ja aiheuttavat sieluun syvää
tuskaa, koska niissä ei ole oikeasti mitään
todellista kohdetta. On vain suunnaton tyhjyys,
pohjattomuus ja tuntuu kuin joku voima vetäisi
alaspäin paikkaan jossa ei voi hengittää.sen
lisäksi negatiiviset tunteet vievät järjen, kun
ajatus kiertää aina vain niitä samoja polkuja,
missä ei ole valoa, eikä toivoa. Negatiivisistä
tunteista pahin on menettämisen pelko, kun ei
oikein tiedä voiko menetyksen jälkeen enään
elää. Ja näistä kaikista muodostuu yhdessä
katkeruus, joka on mustaakin mustempi ja siitä
ei löydy pintaa eikä pohjaa. On vain ikuinen
pimeys.

Yksi vaikeimmin selitettävä negatiivinen tunne
on tuska. Se ei ole sidottu mihinkään mikä on
todellista. On vain polttava halu paeta jotain,
mikä jahtaa, mutta mitä ei voi itselleen selittää.
Tuska on tunnetilana outo, koska se seuraa
sekä surussa, että ilossa.

Ja on vaikeaa hahmottaa ympärillä olevaa
todellisuutta, kun aika kuluu painiessa oman

sielun syövereissä. Ja kun todellisuus pikkuhiljaa häviää niin jäljelle jää vain polttava viha ja raivo, joka purkautuu haluna loukata ympärillä olevia ihmisiä. Ei ole merkitystä, kuka on loukkauksen kohde, kunhan vain pystyy hetkellisesti purkamaan sisällään olevan paineen.

Ja kaikista vaikeinta on loukkauksen jälkeen hakea anteeksiantoa, koska syy loukkaukseen on jossain aivan muualla. Tämä aiheuttaa tuskaa, josta syntyy vain vihaa ja raivoa, mikä purkautuu uuteen loukkaukseen.

Puuhevonen

Pienenä, kun puuhevoselta katkesi jalka ja menin alahuuli väärinpäin, kertomaan asiasta äidille, niin äiti vastasi että, kaikki surut on surtava. Se oli minulle suuri mysteeri, olisin halunnut, että jalka korjataan, eikä ruveta suremaan kaikkia suruja.
Tuolle sanonnalle on monia synonyymejä kuten, sateen jälkeen paistaa aurinko ja mitä enemmän kärsit niin sitä suuremman kruunun saat, sekä varmasti monia muita. On myös niitä käänteisiä sanontoja, muistan ainakin seuraavan, itku pitkästä ilosta ja iso itku oikein pitkästä ilosta.Tuokin varmaan äidin sanoma. Nuo sanonnat liittyvät mielestäni siihen, että kun surun suree pois eli itkee, niin sitä seuraava pienikin ilo on oikeasti iso ilo. Ja jos ei surua sure itkemällä niin se seuraava ilo ei tunnu oikein miltään, koska surun kyyneleet ovat tulppana ilon kyyneleille ja jotta tulppa irtoaisi, tarvitaan paljon ilon kyyneleitä eli iso ilo.
Toisin sanoen kun juomari juo itsensä humalaan eli iloon ja kärsii krapulan eli surun, niin seuraava humala on yhtä kupliva kuin se edellinen. Mutta jos alkaa juomaan poistaakseen ensin krapulan eli surun ja sitten vielä haluaa juoda itsensä uudelleen kuplivaan

humalaan eli iloon, niin saa juoda
sammiollisen sitä parempaa jaloviinaa.
Lopulta, jos juomarin putki on jatkunut päiviä
tai viikkoja, alkaa humalatkin eli ilot, olemaan
krapulan kaltaisia eli suruja.
Tai jos tuo ostoskeskusten suurkuluttaja ostaa
tavaran eli ilon, niin tavarasta seuraava lasku
on suru eli itku. Ja jos laskua eli itkua ei
maksa, ennen seuraavaa ostoa eli iloa, niin
pitää ostoksen olla melkolailla isompi kuin sen
ensimmäisen, jotta se poistaa ensimmäisestä
laskusta koituneen itkun ja sitten sen pitäisi
antaa vähän vielä iloakin. Tässäkin käy lopulta
niin, että ostosten tuoma ilo, ei poista edes
edellisten laskujen tuomaa surua eli itkua.

Rakkauden puu

Kun puolisot rakastuvat, niin he ikäänkuin istuttavat puun. Kumpikin puolisoista kasvattaa sitä teoilla ja sanoilla, puun ollessa siinä keskellä. Aina kun toinen puolisoista tekee pyyteettömän teon, ilman oletusta vastapalveluksesta, niin puuhun kasvaa oksa. Tästä pyyteettömästä teosta syntyy muisto, josta tulee oksan päähän kukka. Kun tulee seuraava pyyteetön teko, puolisolta toiselle, niin syntyy uusi oksa ja tästä teosta syntyvä muisto, tekee sen oksan päähän kukan. Kukkia voi vaalia ja kasvattaa, kauniilla sanoilla ja pyyteettömillä vastapalveluksilla, jotka liittyvät teon luomaan muistoon eli kukkaan. Sitten kun kukkia ja oksia on tarpeeksi, niin puussa voi kiipeillä ja aina oksan kohdalla muistella tekoa, mistä oksa syntyi ja niin oksan päässä oleva kukka kasvaa. Loppujen lopuksi, puussa olevat oksat ja kukat peittävät koko rungon ja silloin rakkaus puhkeaa oikeaan kukkaan.

Mutta puu voi myös kuihtua ja jopa kuolla, jos puoliso jää kiinni, toiselle puoliskolleen petoksesta, niin se oksa ja kukka, jota vastaan teko rikkoo, kuihtuvat pois. Kun tulee seuraava petos, niin taas kuihtuu oksa ja kukka, jota vastaan petos tapahtui. Oksien kuihtuessa, on puussa yhä vaikeampi kiipeillä ja käydä vaalimassa, niitä muita kukkia.

Lopulta puussa ei ole enään kuin runko ja oksattomana sekin kuihtuu tai kaatuu ja niin on rakkaus kuollut.

Myös ystävyyssuhteet ja perhesuhteet ovat puita, joita pitää vaalia ja kasvattaa, jotta ne säilyvät ja tuuheutuvat. Nämäkin puut kuihtuvat ja kaatuvat, samoista syistä kuin rakkauden puut ja metsät.

Voit siis itse päättää, kuljetko rakkauden metsissä vai petosten avohakkuilla.

Talot ja asunnot

Olen syutynyt maalaistaloon, jossa vietin lapsuuteni ja teini-ikäni, armeijaan asti asuin kotona ja vielä armeijan jälkeenkin hetken, kunnes muutin omillleni. Tuon kotitaloni historia ulottuu aika pitkälle menneisyyteen ja sitä on laajennettu sekä kunnostettu useita kertoja. Silti se edelleen kestää ja on turvallinen asua.

Ensimmäinen oma asunto sijaitsi pienessä maalaiskylässä kosken ja voimalaitoksen lähellä. Sieltä muutin jo parin kuukauden päästä kaupunkiin, nukkumalähiöön ja kerrostaloon, johon oli aika vaikeaa sopeutua, kun oli totuunut omaan pihaan ja pieniin ympyröihin. Kerrostalosta tuli häätö puolentoista vuoden koheltamisen jälkeen ja oli pikku pakko löytää asunto. Niinpä muutin omakotitaloon, lähelle kaupunkia, kun tuo talo ulkorakennuksineen sattui olemaan sopivasti myynnissä.

Tiesin jo ostaessani taloa, että joudun tekemään täyden remontin ja sitä remonttia aloiteltiin talkoohommina. Vuodet vierivät ja reissuhomma kohteet vaihtuivat ja tuo talo rapistui yhä enemmän, vaikka aina välillä jotain saatiinkin korjattua. Kuitenkin löytäessäni tulevan vaimoni, niin aloin miettimään jäämistä normaalitöihin. Kun sain vakituisen paikan isosta putkifirmasta, niin jäin pois reissuhommista ja rupesin kunnostamaan taloa pikkuhiljaa avopuolisoni kanssa. Tässä kohtaa anopista ja appiukosta oli suuri apu, kiitos heille.

Työelämään liittyvissä projekteissa, olimme aina työporukan kanssa korjanneet jotain, mikä oli joskus jonkun toisen toimesta tehty. Näissä korjausprojekteissa olin tottunut siihen, että aina on vahvat perustukset ja hyvin tehty runko. Tähän ajatukseen perustui myös minun omalle talolleni tekemä peruskorjaus.

Kun korjasin tuota taloa, parhaan taitoni mukaan ja luotin siihen, että runko ja perustukset on kunnossa, niin en tullut kiinnittäneeksi huomiota asioihin, joista näkee, että talo olisi pitänyt purkaa. Näitä asioita tuli esiin kokoajan, mutta unelma omasta kodista avovaimon kanssa oli vahvempi kuin tosiasioihin perustuva ajattelu.

Kymmenen vuotta ehti kulua peruskorjauksesta, kun ilmeni vesivahinko, jota vakuutusyhtiö alkoi korjaamaan.

Korjauksen aikana paljastui vanhoja virheitä, minun tekemiä ja minua edeltävien tekemiä ja tehtiin myös uusia virheitä, jotka yhdessä tulevat vaikuttamaan siihen, että talo on

purettava tai rakennettava kokonaan
uudestaan, mikä on kai sama asia.

Taustapeili

Jokaisella meistä pitäisi olla oma kirjoitettu tai kerrottu historia, mistä tulevat sukupolvet voisivat tutkia menneitä iloja ja suruja sekä virheitä ja niihin johtaneita syitä. Tässä hetkessä olevat asiat muuttuvat historiaksi ja tulevaisuuden asiat muuttuvat täksi hetkeksi, heti huomenna. Jos historiaa ei ole, ei voi oppia omista tai muiden virheistä, vaan pitää kaikki kokeilla omakohtaisesti sen kuuluisan kantapään kautta.

Elämässä mukana oloa voisi kutsua matkustamiseksi autolla, jonka etulasissa näkyy tulevaisuus ja taustapeilistä näkyy historia. Kun matkustaa autolla, niin taustapeiliä tarvitaan peruuttamiseen tai kun haluaa katsoa toisen kerran, jotain mikä oli äsken edessä, mutta nyt jo takana, pientareella tai ajoradalla. Samalla tavalla elämäntielläkin, pitää välillä vilkuilla peiliin eli historiaan, että ymmärtäisi mitä tapahtui tai jos haluaa tarkistaa jäikö jotain huomaamatta. Ja kun taustapeiliin vilkuilee tarpeeksi usein, niin sieltä autojonosta löytyy sopiva väli, kun haluaa vaihtaa kaistaa edessä olevan esteen takia.

Totuuden hetki

Mitä tarkoittaa totuuden hetki ja voiko niitä
olla enemmän kuin yksi vai onko se kuitenkin,
ei se oo kenenkään syy?
Rakennusliikkeen asentaja on laittamassa
asunnon kylpyhuoneessa saranoitua
suihkuseinää. Seinän historia on sattumuksia
täynnä. Ensin tuli väärän kokoinen seinä,
seuraava seinä hajosi tehtaan pakkausosastolle
ja nyt kolmas on asentajan tuomana asunnossa
ja odottaa asennusta. Asentaja tietää
suihkuseinän historian ja sen että, tämä on jo
kolmas ja nyt se pitäisi laittaa paikoilleen,
seinässä lukee isolla, että tämä puoli ulospäin.
Laitettuaan kaiken ohjeiden mukaan, hän avaa
seinän ja poistaa saranoista kiinnitystuet,
napsaisemalla ne sivuleikkureilla poikki. Ensin
ylin, katketessaan se pamahtaa kuten
seuraavatkin ja asentaja päättelee sen kuuluvan
asiaan, koska tuen antaessa iskun lasiin, niin
koko lasi värähtää ja näin ilmeisesti saadaan
vialliset lasit hajoamaan viimeistään näillä
pamauksilla. Sitten keskeltä ja viimeiseksi
alhaalta. Asentajan katkaistessa alimman tuen
ovi hajoaa kylpyhuoneen lattialle tuhansiksi
siruiksi. Rehellisenä kaverina asentaja soittaa
pomolleen ja kertoo mitä tapahtui. Asentajan
ja pomon keskustellessa asiasta, he päättelevät,

että lasin hajoaminen oli tehtaan virhe. Tässä oli ensimmäinen totuuden hetki.

Siivotessaan kylpyhuoneen lattiaa, asentaja tutkii vielä lasin mukana tulleet paperit ja huomaa että, lapussa josta hän oli äsken lukenut tämä puoli ulospäin, lukeekin tämä puoli ylöspäin eli lasi on väärinpäin ja tippui saranoiltaan, eikä siis hajonnutkaan tehtaan virheen takia. Tämä on toinen totuuden hetki ja asentaja olisi voinut korjata virheensä, mutta ei ylpeyttään kehdannut. Niinpä lasin hajoaminen oli, ei se oo kenenkään syy.

Hassu hattu

Oltiin isolla joukolla naapurimaassa, juhlimassa ajokauden päättymistä. Mukana matkassa oli ukkomiehiä omilla moottoripyörillään ja loput oli poikamiehiä, kuka kenenkin kyydissä. Oltiin jo muutama päivä oltu reissussa ja koska oltiin maaseudulla, niin iltaravintolat oli aika harvassa. Nyt kuitenkin viimeisenä iltana, olisi mahdollisuus päästä johonkin pimeälle klubille, jossain päin maaseutua.
Odotukset olivat korkealla, ainakin minulla tuon klubin suhteen, koska ainahan olisi parempi mahdollisuus löytää daamiseuraa klubilta kuin niistä paikoista, missä oltiin edelliset illat vietetty. Meidät haettiin majapaikan pihasta ja vietiin klubille muutamien yksityisautoilijoiden puolesta, jotka retkemme puuhamies oli jostain järjestänyt. Perillä tuon klubin pihalla ilmeni, että se olikin jonkun kartanon alakerta tai kellari ja naisseuran saanti voisi olla jopa mahdotonta. Tämä tietysti aiheutti janon tunteen, joka sammuisi vain maltaalla. Päästyämme sisään tuonne klubille, niin tajusin että maltaatkin saattavat loppua aika pian. Klubi oli ennemminkin baari ja todellakin tehty kellariin ja siellä oli vain

muutamia pöytiä, joista kaksi oli vierekkäin ja suhteellisen isoja sekä pitkiä. Baaritiski oli kuin totoluukku ja baarin kaikki juomat mahtuivat yhteen jääkaappiin, toki hyllyiltä löytyi muutamia pulloja epämääräisen näköisiä litkuja. Baarissa oli näkyvillä vain yksi työntekijä ja se ei ollut sitä kauniimpaa sukupuolta.

Tosiasioiden ollessa minua vastaan, niin olin tietysti hiukan tuohtuneessa mielentilassa ja korjatakseni vitutuksen, join reippaalla otteella noita vähäisiä mallasjuomia, tuolta baarin kaapista.

Olimme vallanneet toisen noista pitkistä pöydistä ja toisessa pitkässä pöydässä siinä vieressämme, istui paikallisia poikamiehiä iltaa viettämässä. Viereisen pöydän ääressä olevat kundit olivat ilmeisesti samaa ryhmää ja heillä oli selvä johtaja joka määräsi mitä tehdään.

Mulla oli päässä hassu hattu, sama mikä oli ollut jo usealla edeltävällä reissulla ja se oli siis täynnä muistoja. Jossain vaiheessa iltaa viereisestä pöydästä tuli nuorimies juttelemaan ja olisi halunnut ostaa tuon hassun hatun, jota en kuitenkaan suostunut myymään, tunnesyihin vedoten. Tämä kundi meni takaisin omaan pöytään istumaan ja supisi jotain tuon porukan johtajan kanssa.

Tässä kohtaa meille oli tullut kyydit ja olimme poistumassa takaisin majapaikkaamme. Huomatessaan aikeemme, tuo viereisen pöydän puhemies tuli ja kaappasi hattuni, vieden sen porukan pomolle, mistä en tykännyt. Koska olin jo purkanut edellisen pettymyksen noihin jaloihin juomiin, niin nyt oli mielestäni toiminnan aika. Niinpä syöksyin viereiseen pöytään ja samalla kun läppäsin hatun vienyttä kundia, niin otin hattuni tuon johtajan päästä ja käännyin lähteäkseni ulos. Tämän jälkeen asiat lähtivätkin etenemään vauhdilla.

Viereisen pöydän kaverit alkoivat etsimään aseitaan, meidän pöydän porukka pakeni ulos ja baaritiskin taakse oli löytynyt muutama rumilus lisää, minun seistessä hattu päässä keskellä baaria ja ihmetellessä tapahtumia. Baarimikot kävivät siekailematta viereisen pöydän porukan kimppuun ja minut heitettiin takaovesta ulos, ohjeena juoksusuunta ja kommentti, että jos minut vielä samana iltana nähdään jossain, niin tulee lähtö.

Olin siis ylpeyttäni aiheuttanut itselleni ja matkakavereilleni hengenvaaran ja vain yhden hatun takia.

Pikku-ukot

Nuorena miehenä, juuri ajokortin saaneena ja alkon oven löytäneenä, saattoi välillä keitto maistua useampanakin päivänä peräkkäin. Olin tietysti kuullut vanhojen juoppojen juttuja pikku-ukoista, mutta eihän ne jutut minua koskeneet. Joka tapauksessa oli taas muutamia iltoja otettu, sitä parempaa perunakiljua ja aamulla herätessäni jossain kämpässä täysissä pukeissa nahkasohvalta, niin näin ensi kertaa elämässäni pikku-ukkoja pöydällä. Nuo ukot olivat kokin näköisiä ja kaiken lisäksi ylösalaisin eli kai ne oli sitten pikkukokkeja. Raittiuspäätös syntyi samantien ja harkitsin vakavasti myös muiden paheiden hyllyttämistä, ainakin väliaikaisesti.Hetken päätöstäni tuumailtuani ja sen vaikutuksia mietyttyäni, rupesin hahmottamaan ympäristöäkin. Oltiin siis ilmeisesti rivitalossa jossain huone ja keittokomero tyyppisessä asunnossa, johon näköjään kuului myös oma piha. Kaverini nukkui lattialla selällään, nahkatakissaan sekä farkuissaan ja lauloi kädet taskussa jotain tuntematonta kappaletta. Telkkari oli päällä ja taisi olla kaikki valotkin jätetty palamaan, varmuuden vuoksi.

Seuraavana ajatuksena oli siirtää paheiden hyllytystä, ainakin tupakoinnin osalta ja niinpä päällimmäinen ajatus olikin löytää röökit. Aikani etsittyäni löysin ruttuisen askin taskustani ja panin palamaan. Siinä poltellessani savukettani ja tuhkaa katsellessani, aloin myös etsimään tuhkista. No siinähän se sohvapöydällä ja kyljessä pikkukokit tekee aamujpalaa ylösalaisin. Ajatus siitä, että joutuu tumppaamaan pikkukokkien keittiöön, aiheutti pään pyöritystä ja uuden tuhkiksen etsimistä. Aikani tuhkapatsasta varjeltuani ja toista tuhkista etsittyäni, rupesin katselemaan telkkaria ja siellähän kokit teki aamupalaa ja tuo tekeminen heijastui tuhkiksen kylkeen ja jostain syystä vielä väärinpäin.

Tyhmyyttäni peruin raittiuspäätöksen, mikä tuli aiheuttamaan paljon pahaa läheisilleni.

Turvatarkastus

Oltiin lähdössä reissuhommiin Norjaan, Oslon lähellä olevaan pikkukylään. Meitä oli noin seitsemän "veljestä" eri puolilta suomea ja tapasimme terminaalilla ekaa kertaa. Matka alkoi siis Skattan terminaalista, jossa silloinen työnjohtajamme jakoi työohjeet, matkaliput ja antoi förskottia niille, jotka olivat perse auki eli kaikille.

Alunperin oli tarkoitus mennä lentämällä Helsingistä Osloon, mutta jonkun lentolakko uhan takia, suunnitelmat muuttuivat ja nyt oltiin siis Hesassa, menossa punaisille laivoille, päämääränä Tukholma. Laivamatka sujui kuten ne sujuvat, kun on odotukset korkealla, työn ja seikkailun sekoituksesta, niin saattaa tulla ylilyöntejä ja niinhän niitä tuli nytkin. Tukholmasta piti jatkaa Nyköpingiin, josta lähtisi lento Englantiin, sieltä olisi tarkoitus vielä lentää Dubliniin. Dublinissa yövyttäisiin ja jatkettaisiin matkaa bussilla Irlannin toiselle reunalle, josta noustaisiin laivaan ja laivalla muiden matkustajien seassa mentäisiin Walessiin. Walesissa muut matkustajat jäisivät pois ja me lähettäisiin suoraan kohti Osloa, viemään paattia korjattavaksi. Koko matkaan hesasta oslon vuonoon meni lopulta seitsemän päivää.

Mutta takaisin stokikseen ja matkan alkumetreille. Oltiin siis tultu aamulla Tukholmaan ja lento lähtisi illalla, jostain pikkukylästä, mihin pääsee bussilla. Aikataulut oli selvillä ja jokainen kulutti aikaa, miten halusi. Jotkut haki matkamuistoja, toiset taas ehkä enemmän matkakokemuksia. Oltiin sovittu, että nähdään lentoaseman lähtöselvityksessä.

Tuolla pikkukentän odotusaulassa, oli jo muutamia meidän porukasta ja loputkin oli tulossa, kuka mistäkin. Lähtöselvitys oli hoidettu ja lentoliput kourassa mentiin peräkkäin turvatarkastukseen. Sehän oli vain "ovi" keskellä hallia, kuten muillakin pikkukentillä ja tunnelma oli aika unelias. Turvatarkastusta hoiti yksi ainoa virkailija, taisi olla se sama joka oli hoitanut lähtöselvityksenkin. Ensimmäisenä meni "ravimiehet", kaksi kundia oli käynyt katsomassa nahkaspeedveitä, totovoitot oli käytetty mallasjuomiin ja se näkyi. Eka ukko puhtaasti läpi, ei huomautettavaa, saa laittaa vyön paikalleen ja avaimet taskuun. Toka ukko, portti piippaa ja mies takaisin. Tarkistetaan kaikki taskut ja pyydetään riisumaan bootsit. Ei auta, piippaa edelleen ja taas mies takaisin riisumaan lisää vaatekappaleita. Näin jatkettiin, kunnes tolla tokana menneellä kundilla oli enään sydänkuviolliset bokserit jalassa.

Tämän näytelmän kuluessa oli unelias tunnelma muuttunut hyvinkin odottavaksi, jokainen matkustaja ja työntekijä terminaalissa seurasi ja odotti, että mitähän seuraavaksi. Jostain löytyi lisää virkailijoitakin ja nyt oli myös löytynyt kädessä pidettävä metallinpaljastin, siis sellainen "peili", millä voi tutkia vartalosta alueen kerrallaan. Oli siis reissumies reilussa humalassa, seisomassa boksereissaan, polvillaan olevan virkailijan edessä, virkailijan joka siis kopeloi noita boksereiden peittämiä pakaroita ja toinen virkailija, jolla oli tuo peilin näköinen metallinpaljastin.

Aina kun toinen noista turvtarkastuksen ammattilaisista peilasi ravimiehen pakaraa niin peili piippasi ja toinen tarkastaja kopeloi lisää ja joka kerta kun peili piippasi, niin peilimies siirsi sen toiseen käteen, pois kopeloijan tieltä. Tässä kohtaa tunnelma alkoi jo olla kuin strippiluolassa ja kannustus meiltä muilta "veljeksiltä" sen mukaista jatästä innostuneena tuo 5-kymppinen totovoittaja, maltaille altistuneena päätti muuttaa käsikirjoitusta.

Kun peilimies seuraavan piippauksen jälkeen oli siirtämässä peiliä pois, niin totovoittaja loikkasikin perään ja yritti osua pakarallaan peiliin, saadakseen aikaan piippauksen ja kopeiloija pienen hämmenyksen jälkeen, yritti tietysti ottaa totomiestä kiinni, siinä onnistumatta, koska oli polvillaan. Peilinpitäjä siis siirsi peiliä aina vain pidemmälle, joutuen ottamaan jopa askeleita ja totomies loikki perässä pitkin ja poikin terminaalia. Viimeisenä vaappui kopeloija, puoliksi kontaten noiden kahden perässä hokien jotain stanna, stanna, var går ni? Näimme uuden version joutsenlammesta.

Nyt kaikki tuijottivatkin totomiehen sijaan, noita turvatarkastuksen ammattilaisia, jotka esittivät siis ruotsalaista versiota joutsenlammesta. Huomatessaan olevansa huomion keskipisteenä, he unohtivat totomiehen ja rupesivat höpisemään jostain keskenään. Aikansa toisilleen mutistuaan, toinen seisaallaan ja toinen polvillaan, he ilmeisesti tajusivat olevansa kaiken lisäksi naurunaihe ja että totomies on edelleen boksereissaan keskellä odotusaulaa. Yhteen ääneen he sanoivat totomiehelle, "Ta kläder på".

Tuossa huomion keskipisteenä ja asiasta nolostuneina he unohtivat kokonaan totomiehen piippaavan pakaran, jonka johdosta seitsemän "veljestä" jatkoivat reissuaan kohti määränpäätä.

Tyttö karaokessa

Oltiin tultu laivalla jonnekin ruotsin rannikkokaupunkiin, josta pitäisi tyynellä ilmalla näkyä tanskaan. Kaupungin telakalla olisi tarkoitus nostaa laiva kuiville ja tehdä siihen pieniä korjauksia sekä sisäpuolelle että ulkopuolelle. Mulla olisi tällä kertaa pesti sisustusasentajana ja ravintolan laajennus työmaana. Meitä oli samassa porukassa viisi tai kuusi henkeä ja jutut pyöri enimmäkseen niissä tavallisissa kysymyksissä eli lapsissa ja lähinnä niiden tekemisessä. Kun vihdoin koitti perjantai ja viikonloppu, niin ajattelin lähteä oikein paikalliseen soittoruokalaan etsimään itselleni lapsen teko seuraa. Muutaman oluen voimalla lähdin siis kohti kylän keskustaa ja paremmanväen paikkoja. Saavuin puistobulevardille ja pienen torin laidalla olikin lupaavan näköineen ravitsemusliike, musiikkia ja lantioiden pöyritystä kolmessa kerroksessa, oli perinteiset tanssit, dj:n vetämä disko ja karaokebaari. Alkuillasta johtuen, vain karaokessa oli porukkaa, aikani ovelta katseltuani, huomasin ikkunapöydässä olevan nuoren ja tummman naisen, joka viittoi minua seurakseen.Kauaa emme ehtineet tutustua, kun hän pyysi minua kotiinsa, koska oli yksinäinen.

Kun saavuimme hänen kotitalolleen, niin mietin, että pitäiskö lähteä, mutta jäin kuitenkin. Pääsimme asuntoon ja aika nopeasti riisuttiiin, laitettiin varmuusväline ja tyttö ratsaille. Pitkästä selibaatista johtuen olin valmis alle kolmen minuutin ja hiukan nolona astelin vessaan, joka sijaitsi kätevästi samassa huoneessa sänkyä vastapäätä. Tullessani pesulta, oli tyttö edelleen sängyllä alusvaatteissaan ja minua alkoi himottaa uudelleen. Niinpä otettiin uusinta, joka kestikin jo aika kauan ja tapahtui paljaalla. Himossani en ajatellut järkevästi ja sain sitten herpeksen muistoksi, toivottavasti tyttö ei saanut isätöntä lasta.

Parempia taloja

Ihan kuin ihmisessäkin on kuori eli se miltä näytät ulospäin ja sielu eli sisusta, on taloissakin kuoret eli ulkonäkö ja sisusta eli sielu. Ja kuten ihmisissä niin myös taloissa voi tehdä täyden remontin tai vain osittaisen korjauksen.

Jokainen uskoo tulevaisuuteen,
mutta harva luottaa
menneisyyteen.

Elämä on kuin liekki, se on joko
iso tai pieni,
mutta sammuessaan siitä jää
vain savukiehkura.

Voiko aikaa ostaa?
Voiko aikaa hidastaa?
Voiko aikaa nopeuttaa?
Ei, mutta sitä voi muuttaa.

Voiko toiselle onnen ostaa?
Voiko toiselle onnen antaa?
Voiko toiselle onnen tehdä?
Voi, jos se on pyyteetöntä
ja oman onnensa jokainen
määrittelee itse.